OLD ROCK
(is not boring)

我和恐龍聊過天

戴布‧皮盧蒂　Deb Pilutti 著
林大利 譯

獻給
總是閒不下來的傑克

特別感謝拉里‧萊姆克博士
和雷希‧諾雷斯博士
和我分享自然世界的知識

XBER0016

我和恐龍聊過天
OLD ROCK (is not boring)

文‧圖｜戴布‧皮盧蒂　Deb Pilutti　　譯者｜林大利

字畝文化創意有限公司
社長｜馮季眉
責任編輯｜陳心方　主編｜許雅筑、鄭倖仔
編輯｜戴鈺娟、李培如　美術設計｜蕭雅慧

出版｜字畝文化創意有限公司／遠足文化事業股份有限公司
發行｜遠足文化事業股份有限公司（讀書共和國出版集團）
地址｜231 新北市新店區民權路108-2號9樓
電話｜(02)2218-1417
傳真｜(02)8667-1065
電子信箱｜service@bookrep.com.tw
網址｜www.bookrep.com.tw

法律顧問｜華洋法律事務所　蘇文生律師
印製｜通南彩色印刷股份有限公司

2024年1月　初版一刷
定價｜350元
書號｜XBER0016
ISBN｜978-626-7365-24-3

特別聲明：有關本書中的言論內容，不代表本公司／出版集團之立場與意見，
文責由作者自行承擔。

國家圖書館出版品預行編目(CIP)資料

我和恐龍聊過天／戴布‧皮盧蒂(Deb Pilutti) 作；林大利
譯. -- 初版. -- 新北市：字畝文化創意有限公司：遠足文化
事業股份有限公司, 2024.1
40 面：22.9×28 公分
譯自：Old Rock (is not boring)
ISBN 978-626-7365-24-3（精裝）
874.599　　　　　　　　　　　　　　112016886

岩石爺爺總是坐在
同樣的位置，
在松樹林裡頭，
一塊空地的邊緣。

你的記憶力有多久，
他就坐了多久。

甚至還要更久。

「當一塊石頭，感覺超無聊的。」高松先生說。

「你都坐在同一個地方，日復一日。」瓢蟲小弟也說。

「這裡很讚啊。」岩石爺爺說道。

「你不想上哪兒走走嗎？」
蜂鳥小姐這麼問。

「我飛到世界各地，
　暢飲各種異國花蜜，
　如果我不會飛，
　那肯定無聊透頂。」

「我有飛過一次唷。」岩石爺爺說。

「哇×嗚×！」
高《松《先﹝生》讚﹝嘆﹞。

「怎﹝麼﹞辦﹝到﹞的﹝？」
瓢﹝蟲﹞小﹝弟﹞急﹝著﹞問﹝。

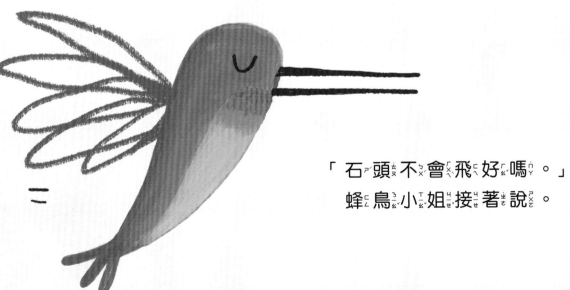

「石﹝頭﹞不﹝會﹞飛﹝好﹞嗎﹝。」
蜂﹝鳥﹞小﹝姐﹞接﹝著﹞說﹝。

岩石爺爺告訴他們當時的事，
那是在剛開始的時候，
黑暗籠罩、暗無天日……

「我從火山噴出來，
飛向熾熱的天空，
迎向光明的新世界。」

「反正就那麼一次。」
蜂鳥小姐說。

「接著就一直坐到現在。」
高松先生接著說。

「有夠無聊。」瓢蟲小弟說。

「我一點也不覺得無聊喔。」
岩石爺爺說著。

「你不想遊覽更多嗎？」
瓢蟲小弟問著。

「如果爬到高松先生的樹梢，
　我也許能看見白足鼠在附近的樹上，
　啃著堅果。

或是「看見大船橫越大湖。」

岩石爺爺說：「我看得可多了。」

岩石爺爺告訴他們那時候的事，
一群友善的恐龍朋友在身邊隆隆作響，
啃光眼前所有的葉子。

接著，好幾年以後，
有隻不太友善的恐龍，
來找他的晚餐。

時^{ㄕˊ}光^{ㄍㄨㄤ}飛^{ㄈㄟ}逝^{ㄕˋ}，
一^ㄧ切^{ㄑㄧㄝ}都^{ㄉㄡ}變^{ㄅㄧㄢˋ}了^{ㄌㄜ}。

世^{ㄕˋ}界^{ㄐㄧㄝˋ}變^{ㄅㄧㄢˋ}冷^{ㄌㄥˇ}了^{ㄌㄜ}。

那也不是什麼壞事，
因為岩石爺爺搭上冰河列車，
在陸地上旅行。

「冰河融化之後，
　我被留在山脊頂端，
　我能看見天空親吻大地的地方。」

「哇嗚，你的經歷真不少。」
瓢蟲小弟說。

「超特別。」
　蜂鳥小姐也讚嘆。

「沒錯，而且是好久好久以前。」
高松先生說。

「你們現在覺得無聊嗎？
你們不想四處走走嗎？
我的雙翼在微風中輕柔拍動，
起風時便隨風起舞。」

「我從來沒跳過舞，但我可是
翻筋斗高手。」岩石爺爺說著。

岩石爺爺透露，當時他在山脊上搖搖欲墜。
不久，突然天搖地動……

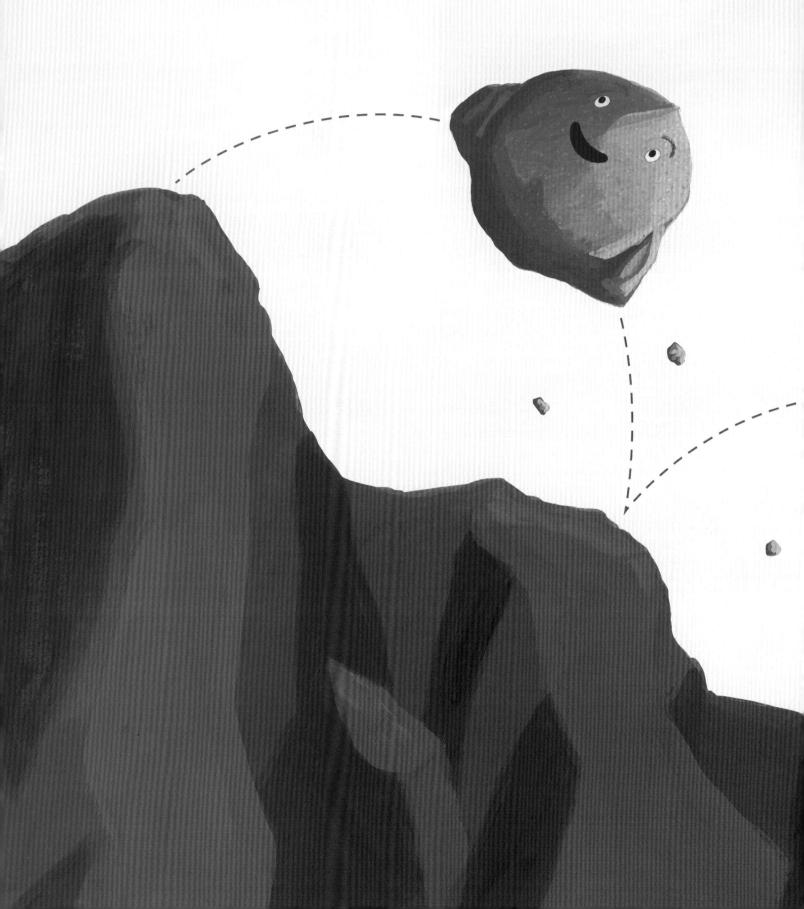

「然後我又翻又滾

翻下，

滾落，

跌進山谷裡。」

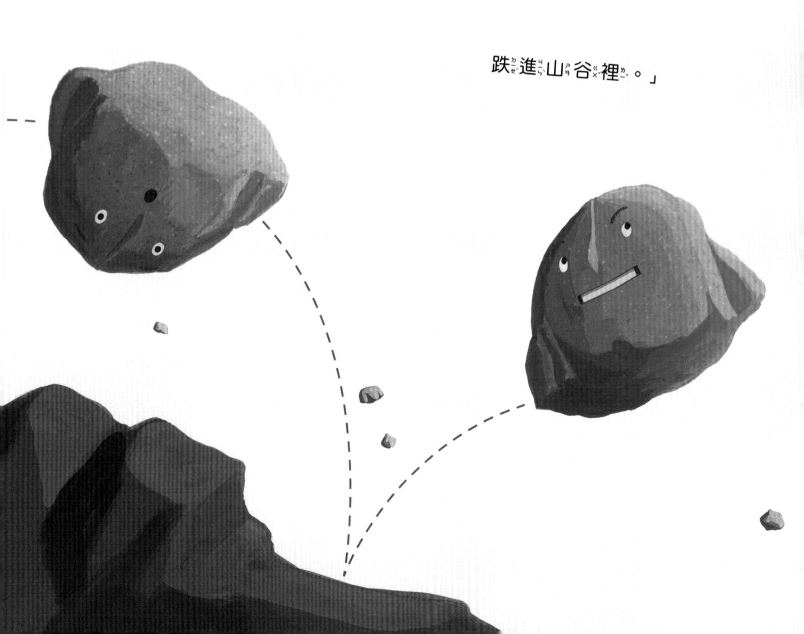

草原出現了，
乳齒象四處漫步，
湖泊也出現了。

「我都不知道岩石可以這樣旅行！」
高松先生說。

「我也好想親眼看看。」
瓢蟲小弟說。

「接下來發生什麼事了？」
蜂鳥小姐問道。

「我身邊長出了松樹林，
有一天，強風吹落一顆毬果。
有顆種子從毬果裡掉出來，
掉在森林的地面上。」

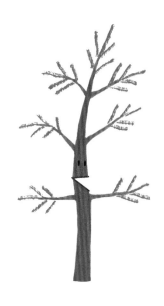

我看著這株小樹苗長成高大的松樹，
在風中起舞，
而且一直在我身邊。

有時候，有隻瓢蟲會閒晃過來，
告訴我們他看見的一切。
而且一直在我身邊。

還有，更常來的是，最可愛的蜂鳥。
在長途旅行後停下來休息，
並說著她拜訪過的絕美光景。

「這個地方很讚吧。」岩石爺爺說。

「沒錯，就是如此。」高松先生同意。
「很讚。」瓢蟲小弟說。
「一點也不無聊。」蜂鳥小姐說。

18億年前

岩石爺爺在地殼深處誕生了。

變質岩在極端高溫和高壓中形成。 形成變質岩，要花上數百萬年的時間。

3億年前

火山爆發，岩石爺爺噴到空中。

火山碎屑岩噴發時， 氣體、 火山灰、岩石和岩漿都會噴出來。

1億5千萬年前

岩石爺爺和友善的恐龍聊天。

巨大的蜥腳目恐龍在侏儸紀出現， 如腕龍。

6千6百萬年前

岩石爺爺遇到餓壞的暴龍。

暴龍在白堊紀出現， 而白堊紀在六千五百五十萬年前結束。

260萬年前

岩石爺爺展開冰河之旅。

更新世期間， 冰河幾乎覆蓋了整個地球表面。

1萬6千年前

冰河退縮，岩石爺爺留在山脊邊緣。

地球史上發生過好幾次寒冷冰期。

1萬1千年前

有隻乳齒象來休息一下。

乳齒象在二千四百萬年前出現在北美洲， 直到一萬年前左右滅絕。

現在

岩石爺爺、高松先生、瓢蟲小弟和蜂鳥小姐一起待在非常讚的地方，在森林深處、在空地邊緣。

他們一點也不無聊。